Remerciements

L'auteur et l'éditeur remercient plus particulièrement
la Société Solargil pour la fourniture de l'argile autodurcissante « PLUS »
ayant servi à la réalisation de tous les modèles du livre.
www.solargil.com

Merci à Benjamin, Flora et Florian, photographiés page 25.

Direction éditoriale : Christophe Savouré
Direction artistique : Danielle Capellazzi assistée de Thérèse Pic
Édition : Christine Hooghe
Conception et réalisation graphique : Claude Poirier
Fabrication : Caroline Dubois de Cambourg
Photographies : Olivier d'Huissier
Illustrations : Dorothée Ponroy

15/27 rue Moussorgski, 75018 Paris
Dépôt légal : mai 2002
Photogravure : Quatre images
Imprimé en Belgique par Proost
ISBN : 978-2-215-07424-3
4e édition - P09100 - octobre 2009

LES PETITS CRÉATEURS

Argile

Patricia Vibien

À Benjamin et Florian

FLEURUS
www.editionsfleurus.com

Les secrets de l'argile

L'argile

Elle se présente en pains humides enveloppés dans du plastique. Le plus souvent, elle est marron-rouge (terracotta) ou blanche.

L'argile autodurcissante, utilisée dans ce livre, présente l'avantage d'être solide une fois sèche.

Pendant le modelage, l'argile doit rester souple et humide. Si elle se fendille, mouille-la avec une éponge. Mouille aussi tes doigts.

Comment modeler l'argile ?

Avec tes mains : modèle des boules, des boudins, aplatis et lisse l'argile.

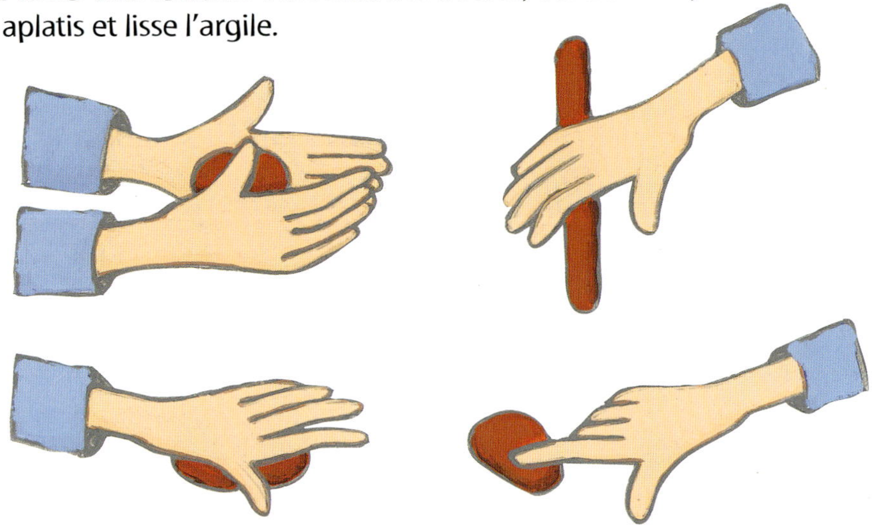

Avec quelques outils :

Étale l'argile avec un rouleau à pâtisserie.

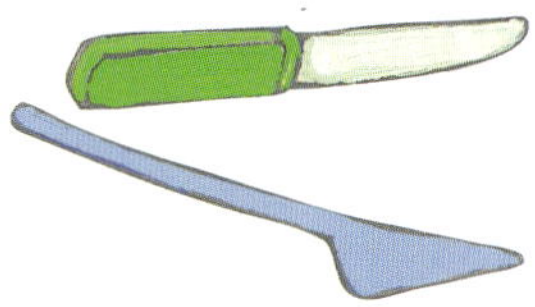

Découpe avec un couteau rond sans dents ou un ébauchoir.

Fais des ronds avec des bouchons de lessive, un verre, un bol...

Fais des empreintes avec un peigne, des bouchons, un cure-dent, un clou de girofle...

Petits conseils

Protège la table avec un plastique ou une toile cirée.

Modèle tes objets sur une planchette ou des couvercles en plastique de récupération. Tu pourras les déplacer sans les abîmer.

Pour conserver l'argile que tu n'as pas utilisée, emballe-la bien dans un sac en plastique.

Assemblage

Fabrique de la barbotine : dans un petit pot, mélange de l'argile et de l'eau.

Pour souder 2 formes : strie-les avec un ébauchoir. Applique de la barbotine. Assemble. Lisse la soudure avec l'ébauchoir, puis avec le doigt ou une éponge humide.

Séchage

L'argile sèche en 24 heures environ dans une pièce aérée. Plus l'objet est épais, plus l'eau s'évapore lentement.

Peinture

Utilise de la peinture à l'eau : gouache ou acrylique. Applique 2 couches pour obtenir une couleur unie. Pour les pois ou les yeux, utilise un Coton-Tige.

Vernis

Il protège la peinture et rend les objets brillants.

Crabes rigolos

Matériel *• argile blanche et rouge • barbotine • ébauchoir ou couteau rond • • peigne ou cure-dent • chenille • paille • peinture • pinceau • Coton-Tige • vernis •*

1

Modèle une boule aplatie. Grave une fente pour la bouche. Fais des empreintes si tu le souhaites.

3

Pour les pinces, coupe et écarte le bout de 2 boules ovales aplaties. Soude-les. Pour les pattes, enfonce 6 morceaux de chenille recourbés.

2

Enfonce 2 petits morceaux de chenille au-dessus de la bouche. Pique 2 boulettes dessus. Fais une empreinte de paille sur chaque œil.

4

Après le séchage, peins le crabe à ta guise. Fais les pois au Coton-Tige. Laisse sécher, puis vernis si tu veux.

La terre rouge imite bien la couleur des crabes : tu peux donc la laisser naturelle. Applique une couche de vernis, et le crabe aura l'air mouillé !

Colliers de fée

Matériel ***• argile blanche ou rouge • barbotine • ébauchoir ou couteau rond • • emporte-pièce • brochette en bois • clou de girofle • perles-tubes • peinture • pinceau • • vernis • fil câblé ou lacet •***

1

Modèle des boules : rondes, ovales ou légèrement aplaties. Pour les perles allongées, roule des petits boudins.

2

Étale une plaque d'argile. Découpe les pendentifs. Si tu le souhaites, soude-les à une perle.

3

Fais des empreintes d'ébauchoir, de brochette, de clou de girofle... Enfonce des perles-tubes.

4

Perce les perles au milieu et les pendentifs en haut. Agrandis les trous en tournant. Laisse durcir.

5

Peins les perles. Nacre les couleurs avec du doré. Laisse sécher les perles en les surélevant. Vernis si tu le souhaites.

Il ne te reste plus qu'à enfiler les perles en créant une jolie composition !

En mélangeant de l'argile blanche et de l'argile rouge, tu obtiendras des perles marbrées !

Animabricoles

Matériel *• argile blanche ou rouge • barbotine • ébauchoir ou couteau rond • • verre large • perles • cure-dent •*

1

Pour le lapin, roule une grosse boule pour le ventre et écrase-la avec le verre. Modèle 2 boudins coupés en deux pour les pattes, puis la tête et les oreilles.

2

Fais des stries serrées pour imiter la fourrure sur les oreilles et le ventre puis des stries écartées pour les griffes.

3

Assemble le lapin avec de la barbotine. Lisse bien les joints à l'ébauchoir en évitant de déformer le corps.

4

Enfonce 2 perles pour les yeux. Grave les sourcils et la bouche. Colle des boules pour le museau et la queue.

Tortue, chat, chien…
choisis ton animal préféré.
Fais des empreintes amusantes
et ajoute quelques touches
de peinture si tu le souhaites.

Bon appétit !

Matériel • ***argile rouge* • *barbotine* • *emporte-pièce* • *cure-dent* • *clous de girofle* •**
• *vrille de vigne ou de lierre* • *peinture* • *pinceau* • *vernis* •

1

Roule des boudins. Modèle des boules et des boulettes : rondes, aplaties ou allongées.

2

Superpose des boules pour les gâteaux. Intercale des plaques de crème. Découpe les tartes avec des emporte-pièce.

3

Colle des boules et enfonce la vrille pour le raisin. Pique les agrumes. Enfonce des clous de girofle pour les queues des fruits. Strie les pains.

4

Pour les pois, colle des boulettes dans un boudin fendu. Referme le boudin. Pince-le aux extrémités.

5

Laisse durcir complètement. Peins en commençant par les couleurs les plus claires. Laisse sécher. Pour jouer sans abîmer la peinture, vernis les modèles.

Si tu ne trouves pas de vrille de vigne, remplace-la par un morceau de fil de fer tordu.

Serpent messager

Matériel ***• argile • barbotine • peinture • pinceau • paillettes • fil de fer souple •***
• 2 perles • couteau rond ou ébauchoir •

1

Modèle un boudin long et assez épais. Enroule-le en relevant une des extrémités. Lisse bien.

2

Coupe une fente pour la bouche. Pour les yeux, colle 2 boules et enfonce des perles.

3

Pour la langue, vrille un fil de fer de 30 cm plié en deux. Enroule les extrémités en spirale. Enfonce la langue dans la bouche.

4

Sans attendre le séchage de l'argile, peins le serpent. Laisse la peinture sécher un quart d'heure.

5

Pour imiter les écailles, enfonce les paillettes dans le corps du serpent. Laisse ton serpent sécher et durcir complètement.

Si la couleur du serpent n'est pas assez unie, laisse sécher la première couche de peinture et passes-en une seconde.

Mignons porte-clés

Matériel • *argile* • *barbotine* • *ébauchoir ou couteau rond* • *peigne* • *haricots* • *crochet* • • *peinture* • *pinceau* • *attache à tableau autocollante* • *colle à bois* • *adhésif plastifié* •

1

Modèle 2 boules pour la tête et le corps, 4 demi-boudins pour les pattes, un boudin aplati pour le collier, 2 oreilles rondes et un museau conique.

2

Fais des empreintes avec un peigne sur le corps, la tête et les pattes, puis avec un couteau sur les oreilles et le collier.

3

Assemble tous les éléments avec de la barbotine. Lisse bien et refais quelques empreintes sur les joints.

4

Colle les yeux et une petite plaque striée sur le ventre. Ajoute des haricots, puis enfonce le crochet.

5

Laisse durcir l'argile. Peins le blanc, puis le noir. Peins le dos lorsque le devant est sec.

Finitions

Demander à un adulte de fixer l'attache avec de la colle. Renforcer avec l'adhésif. Quand le sujet est accroché, planter un clou pour le soutenir à l'entrejambe.

Clés des champs, clés des bois… avec ces gentilles mascottes, les clés ne seront plus jamais perdues !

Joyeux Noël !

Matériel • *argile • barbotine • rouleau • ébauchoir ou couteau rond • papier blanc • • crayon • ciseaux • paille • bouchon • cure-dent • yeux mobiles • colle • peinture • pinceau •*

Les patrons se trouvent à la fin du livre.

1

Étale une boule d'argile pour faire une plaque.

2

Prépare les patrons. Découpe-les. Pose-les sur la plaque et découpe autour. Lisse les contours.

3

Fais une empreinte de bouchon sur toutes les étoiles. Perce les décorations avec une paille.

4

Pour les nez, colle des boulettes avec de la barbotine. Grave les bouches avec un ébauchoir ou avec un ongle.

5

Laisse durcir les décorations, puis peins-les aux couleurs de Noël. Laisse sécher. Colle les yeux.

Suspends tes décorations avec des rubans ou du bolduc. Accroche aussi des perles (voir page 10).

Boîte martienne

Matériel ***• argile • barbotine • verres et bouchons • ébauchoir ou couteau rond • • rouleau • fil de fer souple • peinture • pinceau • paillettes • colle •***

1

Dans une plaque d'argile, découpe, avec 2 verres, des ronds pour le fond et le couvercle. Strie le bord du fond et enduis-le de barbotine.

2

Roule un gros boudin et aplatis-le légèrement. Avec cette bande, entoure le fond de la boîte, en te faisant aider.

3

Recoupe les extrémités de la bande. Enduis-les de barbotine et soude-les. Lisse à l'éponge humide.

4

Soude bien le bas de la bande et le fond à l'intérieur de la boîte.

5

Décore la boîte. Pour le bouton, soude un cône et une boule étirée reliée par un cure-dent. Enfonce des morceaux de fil de fer.

Finitions

Après le durcissement de l'argile, peins la boîte à ta guise en commençant par la couleur du fond. Ajoute quelques paillettes.

Pour torsader les morceaux de fil de fer, enroule-les autour d'un crayon.

Poissons-cadres

Matériel • ***argile blanche ou rouge • rouleau • barbotine • verres, bol, bouchons • • ébauchoir ou couteau rond • perles • peinture • pinceau • attache à tableau • colle à bois • • adhésif plastifié •***

Le patron du poisson-cœur se trouve à la fin du livre. Décalque-le et découpe-le.

1

Étale une grande plaque d'argile. Pose le patron ou un bol retourné dessus et découpe autour.

2

Évide la fenêtre avec un verre. Avec d'autres verres, fais des empreintes pour délimiter la tête ou cerner la fenêtre.

3

Dans les chutes d'argile, découpe ou modèle les nageoires, la queue, les yeux, un nez... Assemble-les avec de la barbotine.

4

Ajoute quelques empreintes rigolotes, enfonce des perles pour les pupilles. Laisse l'argile durcir.

5

Peins d'abord le fond puis les décors. Laisse sécher.

Finitions

Demande à un adulte de coller l'attache en se reportant aux finitions de la page 18. Scotche une photo ou un dessin au dos du cadre.

Mélange des paillettes à la peinture pour la faire étinceler.

Dans les prés

Matériel • ***argile blanche et rouge* • *barbotine* • *couteau rond ou ébauchoir* •**
• *rouleau* • *fourchette* • *paille* • *peinture* • *pinceau* •

Brebis et béliers

1

Pour le corps, roule une boule. Pique-la avec une fourchette. Pour la tête, roule une boule ovale, puis 2 plus petites un peu aplaties.

2

Assemble les éléments. Fais 2 empreintes pour les yeux. Pour les béliers, ajoute 2 boudins recourbés et fais des trous sur le haut de la tête.

3

Laisse durcir, puis peins les animaux. Pour les reconnaître, peins aux brebis des colliers en rouge ou en bleu et les cornes des béliers en jaune ou en orange.

La barrière

Coupe une bande en 4 morceaux. Assemble-les avec 2 bandes fines. Strie puis ajoute des petits ronds. Fais tenir la barrière debout en collant des boules marbrées au pied.

Tourne la page, pour savoir qui, des brebis ou des béliers, sont les plus gourmands !

Dans les prés

Matériel • *argile blanche* • *rouleau* • *emporte-pièce cœur* • *paille* • *peinture* • *pinceau* •

Jeu des gourmands

1

Découpe 12 cœurs dans une plaque d'argile. Roule 2 boules identiques. Forme des cubes avec tes pouces et tes index. Fais une empreinte ronde sur chaque face.

2

Laisse durcir l'argile. Peins les feuilles en vert, puis les points sur les dés avec du jaune, du vert, du bleu, du noir, de l'orange et du rouge.

Règle du jeu

De 2 à 4 gourmands !
Chaque joueur choisit un animal et, à tour de rôle, lance les 2 dés.

Si un dé est de même couleur que l'animal, le joueur prend une feuille. Si les 2 dés sont de la bonne couleur, il mange 3 feuilles.

Si les 2 dés affichent le noir, le joueur rend toutes ses feuilles. Si les 2 dés affichent le vert, les autres joueurs prennent une feuille.

La brebis ou le bélier qui a mangé le plus de feuilles de trèfles a gagné !

Délimite l'aire de jeu par des rectangles de papier, de mousse ou de fausse pelouse.

Pots monstrueux

Matériel ***• argile • barbotine • rouleau • ébauchoir ou couteau rond • • bouchon de lessive • éponge • paille • peinture • pinceau • vernis • yeux mobiles •***

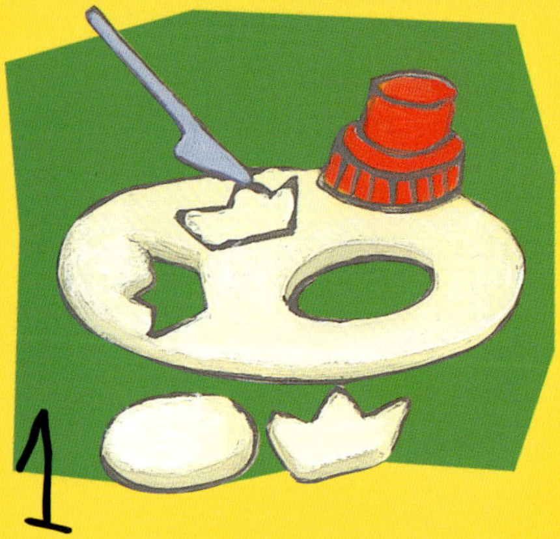

1

Étale une plaque d'argile. Découpe 2 ronds pour le fond du pot et la tête. Découpe aussi 2 oreilles rigolotes.

2

Découpe un rectangle assez long pour faire le tour du fond. Strie la base et les côtés du rectangle et le tour du fond.

3

Enduis les stries de barbotine. Assemble le rectangle sur le fond en formant un tube. Lisse les joints à l'ébauchoir, puis à l'éponge.

4

Termine la tête : grave ou fais des empreintes, soude un nez et les oreilles. Assemble la tête sur le pot.

5

Selon ta fantaisie, ajoute une queue, des pieds... Laisse le pot durcir complètement.

Finitions

Peins en terminant par les couleurs les plus claires. Laisse sécher. Vernis si tu le souhaites. Colle les yeux mobiles.

Pour éviter les chocs, colle des petits patins en feutre sous ton pot.

Drôles de clowns

Matériel • ***argile blanche • barbotine • ébauchoir ou couteau rond •***
• brochettes et cure-dents en bois • raphia de couleur • pinceau • peinture •

1

Modèle une boule grosse comme une balle de ping-pong pour la tête. Enfonce-la sur une brochette.

2

Modèle un nez, des yeux et un chapeau ou des cheveux. Assemble-les avec de la barbotine. Grave la bouche et les sourcils.

3

Façonne un gros boudin recoupé en bas ou des boules pour le corps, puis une perle pour le cou. Glisse-les sur la brochette.

4

Ajoute les décors : des boules piquées sur des cure-dents, des brins de raphia, des boutons d'argile...
Laisse sécher.

5

Peins le clown selon ta fantaisie. Pour les détails, utilise un pinceau fin.
Laisse bien sécher puis noue une écharpe en raphia.

Clown gai, clown triste, clown grincheux… quel caractère aura ton personnage ?

Joli miroir

Matériel ***• argile blanche • miroir (9 x 13 cm) • torchon • rouleau • • couteau rond • barbotine • emporte-pièce étoile • billes chinoises • peinture • pinceau • • attache à tableau • colle à bois • adhésif plastifié •***

1

Sur le torchon, étale une grosse boule d'argile en une plaque épaisse. Pose le patron et découpe autour.

2

Pose le miroir sans appuyer. Enfonce une bille chinoise dans la pointe du milieu et 2 autres de chaque côté du miroir.

3

Modèle des boules. Découpe des demi-étoiles et des triangles. Laisse les motifs du bas de côté. Soude les autres à la barbotine.

4

Retire le miroir. Laisse sécher complètement.

Le patron se trouve à la fin du livre. Décalque-le et découpe-le.

5

Aidé d'un adulte, colle le miroir et les motifs du bas. Peins en commençant par le fond. Pour nacrer une couleur, mélange-la avec du doré.

Finitions

Coller l'attache en se reportant aux finitions de la page 18. Quand le miroir est accroché, planter 2 clous juste en-dessous pour le soutenir.

En séchant, la plaque se rétracte un peu. Évite donc de placer les billes chinoises trop près du miroir, autrement tu risques de ne plus pouvoir le coller.

Table des matières

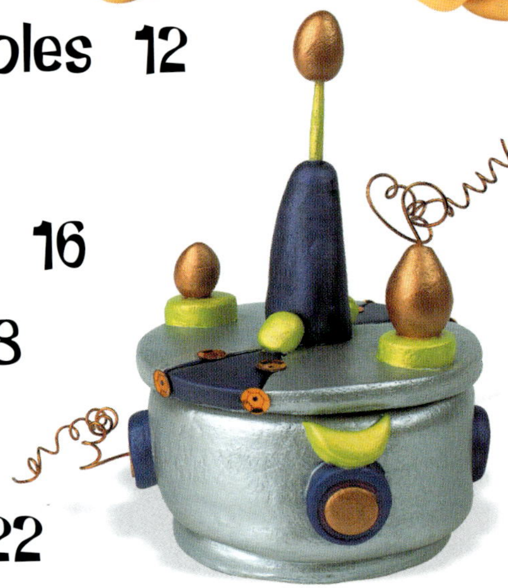

Tu aimes bricoler ?
Tu trouveras d'autres idées dans les livres des Éditions Fleurus

Collection Les Petits Créateurs

Pâte à sel
Mousse
Papier
Argile
Papier mâché
Bricolo-récup
Pâques
Papier crépon
Noël
Mosaïques
Flocons de maïs
Déguisements
Maison de poupées
Château fort
Petits bijoux
Rouleaux et carton
Pompons
Masques
Maquillages
Animaux rigolos

Collection ABC

Le livre de l'éveil
Le livre des 3-7 ans
Le livre des 6-10 ans
Le livre des juniors
Activités pour toute l'année
Le livre du papier
Le livre de la magie
Le livre des filles
Le livre des jeux d'intérieur
Le livre des jeux d'extérieur
Le livre des jeux de réflexion
Le livre de mon jardin
Le livre de cuisine des juniors
Le livre de la récup
Le livre des anniversaires

Collection Les bricolous (livres-kits)

Chenilles douces
Mousse multicolore
Perles, jolis bijoux
Scoubidous rigolos
Animaux en ballons
Bracelets brésiliens
Feutres magiques
Window-décor
Maquillages de fête
Scoubidous brillants
Stickers en folie
Incroyables tours de magie
Tours de cartes faciles
Les échecs faciles
Défis magiques
Jolis grigris
Origami facile

Collection Fleurus Fabric'

Le manuel des maternelles

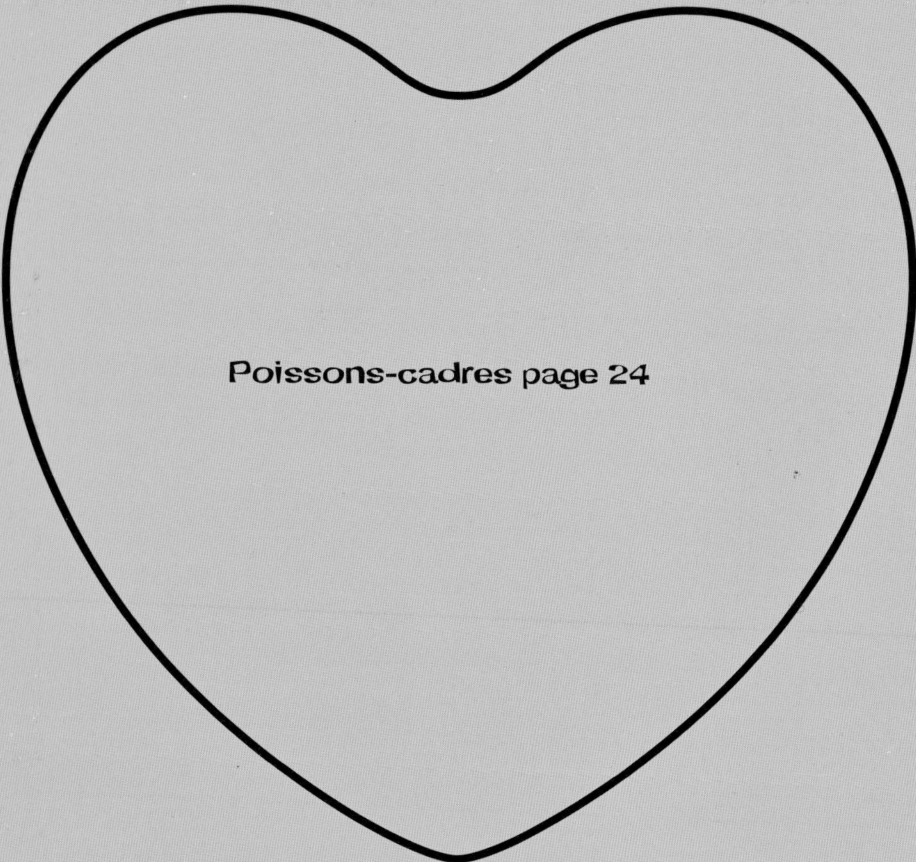

Poissons-cadres page 24

Joyeux Noël ! page 20